오늘 / 넘긴 / 페이지

• 북트레일러
  영상 보기!

（사탕의 맛）

오늘 넘긴 페이지 메 글·그림

1판 1쇄 펴낸날 2022년 2월 20일
1판 2쇄 펴낸날 2022년 6월 20일
펴낸이 이충호
펴낸곳 길벗어린이㈜
등록번호 제10-1227호
등록일자 1995년 11월 6일
주소 04000 서울시 마포구 월드컵북로 45 에스디타워비엔씨 2F
대표전화 02-6353-3700
팩스 02-6353-3702
홈페이지 www.gilbutkid.co.kr
편집 송지현 임하나 이현성 황설경 김지원
디자인 김연수 송윤정
마케팅 호종민 신윤아 김서연 이가윤 이승윤 강경선
총무·제작 최유리 임희영 김혜윤
ISBN 978-89-5582-623-4 74810, 978-89-5582-621-0 (세트)

ⓒ 메, 2022

이 책은 저작권법에 따라 보호받는 저작물이므로, 저작권자와 길벗어린이㈜의 허락 없이는 이 책의 내용을 쓸 수 없습니다.

이 책은 한국만화영상진흥원 '2021 다양성 만화 제작 지원 사업'의 선정작으로 지원 받아 제작되었습니다.

목차

첫 번째 페이지

가족계획 08

두 번째 페이지

뱁새와 황새 26

세 번째 페이지

고집 할 전쟁
·
·
·
·
·
66

네 번째 페이지

점점 변하는 것들
·
·
·
·
·
·
98

다섯 번째 페이지

오늘 넘긴 페이지
·
·
·
·
146

첫 번째 페이지
가족계획

이 이야기는 우리 집에 막내가 태어나면서 시작되지.

쪼글쪼글해….

진짜 못생겼다.

첫인상이 그리 좋지는 않았지만….

완성! 가족의 탄생이었어.

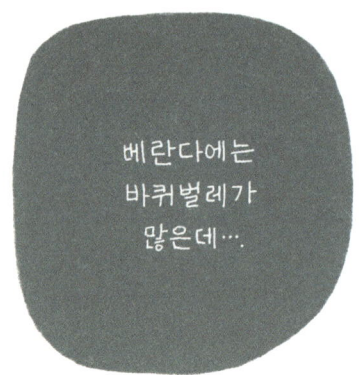

아무튼 작전은 대성공이었지!

🍊 두 번째 페이지
뱁새와 황새

동생이 태어난 건
생각과는 좀
달랐어.

일단 말이
안 통하더라고.

나는 어릴 때 뭐든 언니처럼 되고 싶었어.

친구들에게 둘러싸인
언니를 보며
밀려오던 서운함….

그래서 언니와의 시간이
더 좋았던가 보다.

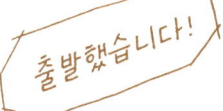

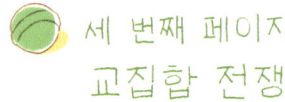
세 번째 페이지
교집합 전쟁

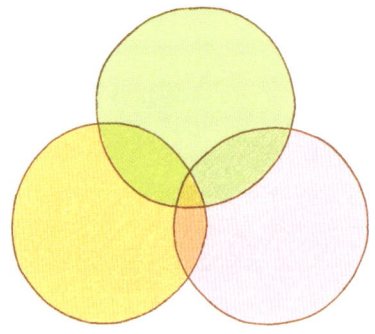

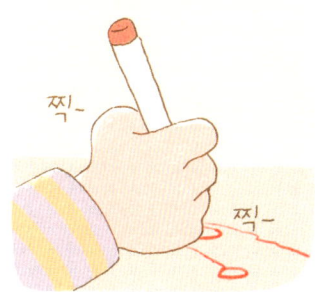

아빠가 오시면
그제야 끝나는
싸움.

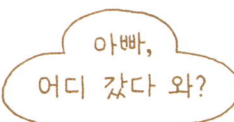

아빠, 어디 갔다 와?

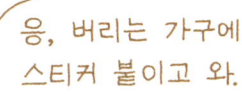

응, 버리는 가구에 스티커 붙이고 와. 저번에 니들이 해 먹은 거 있잖아.

…

한 페이지의 추억　　　　　　　　　　오늘의 날씨

한 페이지의 추억　　　　　　암묵적인 룰

온몸이 만신창이가 돼도

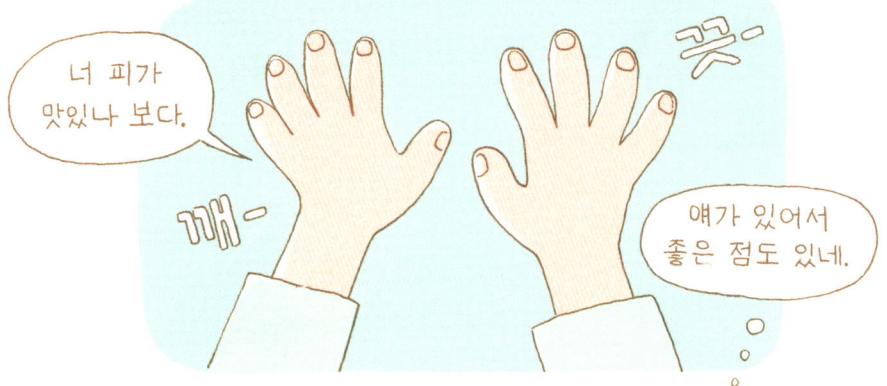

● 네 번째 페이지
점점 변하는 것들

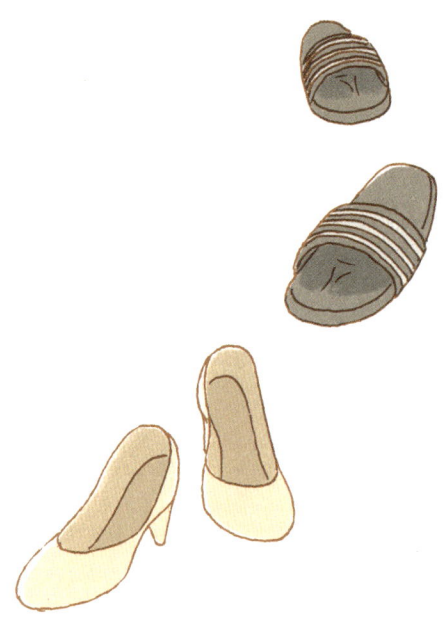

돈 문제는…

어려워. 설명할 수 없지만 이상하게 이해는 잘 되던 이야기들….

이야기를 들은 뒤, 조금 눈치 보여 살아야겠다 싶었어.

한 페이지의 추억   개미허리

허리띠를 졸라맨다는 게 이런 거구나.

개미허리가 되는 것이 아니고

휴지가 버석버석해지는 거구나.

밖에서 대체
뭐 하고 다니는 거야?

그래?

몰랐어….

나 없이도
착실히 만들어 가던
언니만의 세상.

언제 이런 걸
다 했지?

엄마, 언니는?

늦는다고 그러던데?

또각 또각 또각

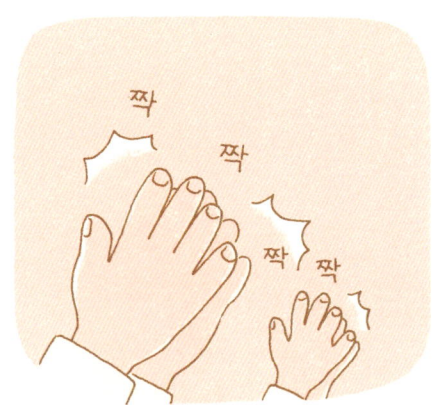

끼익-

어느새 너를 온종일 책임질 수 있을 만큼 나도 꽤 언니다워졌구나….

퍼벙

펑!

이런 기분이 들더라.

엄마, 지금 버스 타고 가고 있어요.

쿵…

네…. 내릴 때 전화 또 할게요.

흐아암…

진짜 피곤하다…

시간이 빨리 흐르기를 기다릴 필요가 없었어.

느려도 멈추지만 않으면, 언니가 지나간 길을 나도 갈 수 있었거든.

때가 되면 교복을 입고, 동생 손을 이끌어 주는 언니가 되었듯….

🟡 다섯 번째 페이지
　　오늘 넘긴 페이지

너무 내 멋대로 생각했나 봐.

내가 언니를 사랑한 방식대로

언니도 나를 사랑해야만 한다고···.

마지막이 될 줄 모르고
그냥 지나 보낸 것들이 아쉬워.

나도 점점 언니가 결혼한 게
아무렇지 않아졌어.

하지만
그린 순간이
다시 왔을 때

잘 받아들이는 방법을
나는 더 연습해
보고 싶어졌어.

아빠 안 무거워?

괜찮아.

이야기의 막바지네.
하고 싶은 이야기를
다 했으니 슬슬
마무리를 해 볼게.

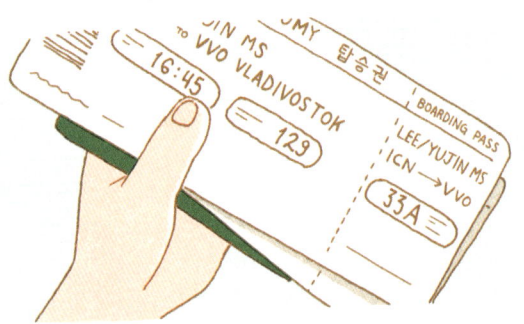

우리 가족 모두가 함께 산
이야기는 이렇게,

막내의 탄생으로
시작되어
언니의 결혼으로
끝나.

≪오늘 넘긴 페이지≫ 끝.